Kröskenskisten

Band 3

Von Anja Rosok

Bücher mit der Titelei „*... **Beziehungskisten** ...* " gibt es mehrere. Eine Alternative musste her.

Ein „Krösken" ist ein Verhältnis, eine Liebelei, im unbefangenen Sinn eine Beziehung, meist heimlich, verborgen, im stillen Kämmerlein ausgelebt. In den ersten beiden Bänden der Kröskenskisten wurden die fast alltäglichen aufgedeckt, in diesem Band wird es magischer, kaum vorstellbar und dennoch wahr. Oder etwa nicht?

Natürlich sind dies fiktive Geschichten.
Alle Charaktere, Namen, sämtliche Orte, Handlungen und Dialoge sind frei erfunden. Ähnlichkeiten mit lebenden oder verstorbenen Personen und ihren Reaktionen sind rein zufällig und von der Autorin nicht beabsichtigt.

Viel Vergnügen beim Lesen der einzelnen Kröskens.

Kröskenskisten

Kurz (-e Beziehungs-) Geschichten
Band 3

Von Anja Rosok

Bibliografische Information der Deutschen Nationalbibliothek: Die Deutsche Nationalbibliothek verzeichnet diese Publikation in der deutschen Nationalbibliographie; detaillierte Daten sind im Internet über http://dnb.dnb.de abrufbar.

1. Auflage, November 2019

Herstellung und Verlag:
BoD - Books on Demand, Norderstedt

ISBN: 978-3-7504-1523-2

auch als *e-book* erhältlich

Inhalt

Der Knorl

Ich setzte mich ins Gras, lehnte mich an einen abgebrochenen Baumstumpf und genoss den Schatten, den er warf.

Die Beine ausgestreckt, hinten abgestützt merkte ich, wie einzelne Grashalme durch meine Finger glitten. Mir schien es, als würden sie gibbelnd auseinanderstoben oder mich piksend fortschicken wollen. Das konnte nicht sein.

Und doch: Viele Geschichten hatten mir die Alten aus dem Dorf seither über diesen Ort erzählt.

Aber glauben wollte ich keine.

Als mir das Buch in die Hände fiel, in dessen Danksagung ein Altbekannter erwähnt worden war, hatte ich gestutzt.

Meine Großmutter kannte die Stelle genau, die er in seiner „*wahren*" Erlebnissammlung beschrieb. Sie verbot mir sie aufzusuchen und versteckte das Buch.

Nun saß ich hier, legte den Kopf schief und betrachtete einen Baumstamm, der vor mir auf dem Hügel stand.

Irgendwie hatte ich ihn mir anders vorgestellt.

Um mich in ihn und seine Geschichte, wenn es

überhaupt seine Geschichte war, hineinzuversetzen, zog ich das Buch mit dem abgegriffenen Ledereinband aus der Tasche. Großmutter hatte nicht bemerkt, dass ich es ihr spät am Abend unter dem Packen gemangelter Bettwäsche stibitzt hatte. Ich schmunzelte. Von irgendwoher flüsterten Stimmen. Eine Windböe, huschte über den Hügel und wehte das Flüstern hinfort. Ich zog die Beine an und konzentrierte mich auf den Text.

„Hey, Wind, da staunst du! Meine Jule kommt zu mir. Heute ist der Tag. Ich spüre es." Vor Freude klatschte er in die Hände. „Hol das Gewitter heran. Schnell! Die Zeit für meine Wandlung naht."

„Zum guhhten ...?", heulte der Wind zurück.

„Was für eine Frage!" Er schüttelte ungläubig den Kopf.

„Wiehh, du meihhnst. Aahhber ...", hauchte der Wind, „siehh, sie weihhnt. Sie siehht nicht glücklich auhhsss! Da wirst du es schwehhr hhaben."

„Abwarten!", entgegnete ihm der Geist des Baumes.

Ich blickte von den Zeilen auf und betrachtete den Baum vor mir auf dem Hügel. Sehen konnte ich nichts, nicht einmal den Hauch eines Umrisses. Aber alle im Dorf kannten die Baumgeister, die ihr Dasein in einem Stamm führten und, fast so wie wir, Freud und Leid empfanden. Ein Geist? Ich zweifelte.
Was war mit diesem Geist?

Guter Dinge war er vorhin über den moosigen Stamm seines Körpers bis in die Baumkrone emporgeglitten, hatte mit dem Wind über das milde Wetter dieses Sommerabends geplaudert und von seiner Zukunft als Geist des Waldes geträumt. Doch jetzt holten ihn schlagartig sein eigenes und ihr Dasein wieder ein.
Hastig rutschte Knorl über Zweige und Äste den Stamm hinunter, bis seine Füße in den Wurzeln steckten. Augenscheinlich war er ein kleiner Kerl, einem Gnom ähnlich, etwas buckelig untersetzt und recht flink auf den krummen Beinen. Die Nase stand schief in dem braunen Gesicht, das so verwachsen war, dass es sich von der vernarbten Baumrinde nicht unterschied. Sein Bauch kugelte

sich unter dem dunklen Pullover und stach mit
seinem Nabel nackig hervor. Seine Silhouette war,
wenn überhaupt, nur schemenhaft zu erkennen.
Sie verschmolz mit der des Baumes, als seien sie
eins. In, bzw. auf ihm konnte er sich besser
anpassen als ein Chamäleon. Denn Knorl war
der Geist dieses Baumes.

Großmutter hatte mir oft erklärt, dass der Geist
eines Baumes erst der Anfang aller Magie war.
Bis zum Tag der Wandlung lebte er in seinem
Baum. Er konnte ihn niemals eigenständig
verlassen, bis die Wandlung vollzogen war. Wie
eine Raupe, die zu gegebener Zeit sich von ihrem
Kokon befreit und als Motte oder Schmetterling
in die Welt hinausflattert, musste er sich auf
diesen einen Tag, ja diesen einen Moment,
vorbereiten. Im Gegenteil zur Raupe war der
Zeitpunkt dieser Metamorphose nie vorhersehbar.
Für einige Geister ging es schneller, andere
mussten sehr lange warten.

Knorl war klar, dass er nur durch die
unglaubliche Zauberkraft der Liebe den Baum
verlassen und endlich in das Dasein eines

Waldgeistes schlüpften konnte. Waren jedoch die drei magischen Worte nicht aus tiefstem Herzen heraus ausgesprochen worden, blieb der Geist in seinem Baum gefangen, bis dieser mit ihm zusammen starb. Innerhalb des hölzernen Gerippes aber konnte er sich frei bewegen, tagein, tagaus. Er konnte sich winzigklein machen oder der Größe angepasst immer dort sein, wo er gerade gebraucht wurde. Und wie es schien, wurde Knorl nun am unteren Ende des Stammes gebraucht.

Blitzschnell passte er sich der Gestalt des Stammes an.

Das Mädchen warf sich unter Schluchzen in seinen Schoß. Heiße Tränen tropften auf seine Knie. „Meine Jule, heute tänzelst du nicht um mich herum wie in all den Jahren, in denen wir uns kennen. Heute spüre ich nicht die Lebensfreude in deinem Körper, die ich so an dir mag. Hatte ich doch soeben noch auf meine Wandlung gehofft und wollte mit dir das Leben im Wald als guter Geist genießen, bezweifle ich nun, dass heute unser Tag ist. Was ist nur passiert?“

Jule antwortete dem Baum nicht. Sie hörte das leise Knarren der Äste, das Rauschen der Blätter und fühlte den weichen Moosmantel unter sich. Irgendwie spürte sie das Außergewöhnliche dieses Baumes, der sich im Aussehen nicht von den anderen unterschied, sie aber, seitdem sie denken konnte, immer wieder zu sich rief.

Wieder fiel mein Blick nach vorn. Der Baum hatte was. Ich meinte sogar, einen knöchernen Mund zu erkennen.

„Ach Jule, könnte die Natur doch eine Ausnahme machen. Du würdest meine tröstenden Worte endlich verstehen und meine Liebe erwidern. Ich könnte dir alles sagen und du würdest es hinausschreien. Vom Blitz getroffen könnte ich, einem Elfen gleich, aus dem umknickenden Stamm in den Wald hineinhüpfen und mit dir eine Familie gründen. Stattdessen sitze ich hier und muss mit ansehen, wie du vor Kummer zerbrichst.“
Im Wind senkte sich die Baumkrone und bereitete schützend ein Dach über Jule. Sie schluchzte unverständliche Wortfetzen, bis sie nach einem tiefen Seufzer schließlich bei Knorl einschlief.

*Behutsam zog sich der Geist aus den Umrissen
des Stammes zurück. Wie ein flinkes
Eichhörnchen huschte er in ihm herum und
versuchte, die Äste weiter herabzubiegen. Aber
sie knackten nur, als wollten sie zerbersten.*

*„Jule, wie gerne würde ich dich wärmen, doch
über all die Jahre hinweg sind meine Arme starr
geworden. Ich bin nicht mehr der Jüngste",
flüsterte er. Dann glitt er hastig weiter hoch in die
Baumkrone und rief seinem Freund zu: „Hilf mir,
das bisschen Wind kann doch nicht alles gewesen
sein! Du siehst doch, was los ist." Er riss an den
Zweigen.*

*„Knorl, aber neihhn. Willst du dein Hhaar im
Sommer verliehhren und kahhl im Walde stehhn?
Was wird der Föhhrster denken?"*

*„Was kümmert mich der Förster. Er wollte mich
längst schon markieren, hätte ich nicht wild die
schlafenden Knospen ausgetrieben. Es war zu
schwer für ihn, mein Alter zu bestimmen. Ich weiß
mir schon zu helfen. Nun belehre mich nicht,
sondern blase mild!" Drohend ballte er die Faust
und reckte sie gen Himmel. „Dort unten friert
meine Jule. Für sie würde ich alles tun."*

Frisch wurde es mir auch. Kalte Winde kamen aus dem Wald herüber und zerzausten die Grashalme. Sie ließen sie vor mir tanzen.

Unter Murren fügte sich der Wind und schüttelte zusammen mit Knorl die einzelnen Blätter hinab, bis sich sanft eine Decke aus Laub über Jule legte. Ohne sich beim Wind für die Hilfe zu bedanken, rutschte Knorl das kahle Gerippe hinab, verwandelte sich wieder und spürte, wie die junge Frau auf der bemoosten Wurzel ihre Wange an ihn schmiegte. „Jule, wie schön du bist. Muss ich noch lange warten? Sag es heute endlich. Bitte!"

Ich strich mir die Gänsehaut von den Armen und blätterte um.

Lautes Rascheln riss Knorl aus seinem Traum. Jule sprang auf. Blätter flogen herum. „Lass mich in Ruh! Liebe ist was anderes!", schrie das Mädchen.
Er hatte doch nichts getan. Die harten Tritte gegen den Baumstamm hatte Knorl nicht von ihr erwartet. Als er genauer hinsah, erkannte er, dass

sie nicht von der jungen Frau kamen. Sie kamen von Roman, dem Sohn des Försters. Heftig trat dieser das Laub beiseite und erwischte Knorl dabei. Dann bahnte er sich seinen Weg auf Jule zu. Sie wich zurück. Unschuldig wie das kleine Kind, das Knorl von früher her kannte, presste sie ihren Körper gegen den Baum. Aber die Arme umschlangen ihn nicht. Ihr Blick wanderte auch nicht nach oben. Sie stand mit dem Rücken zu ihm und stierte nach vorn, die Fäuste vor der Brust geballt. Es war nicht wie früher. Es war nicht die kindliche Naivität in ihren Bewegungen. Er spürte es: Jule war kein Kind mehr. Neben der Anspannung, die ihren Körper kontrollierte, nahm er etwas wahr. Etwas Angenehmes, das er all die Jahre nicht so zart gefühlt hatte. Knorl wünschte sich so sehr, endlich zum guten Geist des Waldes verwandelt zu werden.

„Ich könnte sofort die Kräuter sammeln, um das Gebräu für dich zu kochen. Auch du könntest deinem Körper endlich entfliehen und ihn doch behalten. Losgelöst von deiner menschlichen Hülle und meinem Baumstamm würden wir ein neues Leben beginnen. - Aber jetzt brauchst du Hilfe."

Der Geist bauschte sich größer auf als zuvor.
Seine Füße standen bereits fest in den Wurzeln.
Seine krummen Beine verschmolzen mit dem
knorpeligen Stamm. Sein Körper erhob sich.
Etwas höher, mittig hinter dem abgebrochenen
Astloch steckte nun sein Bauchnabel. Die Arme
flutschten in zwei ausladende Äste hinein und
spreizten seine Finger. Tief unter ihm stand
Roman und raunzte: „Jetzt habe ich dich. Hier
kommst du nicht weg. Und schützen kann dich
niemand, erst recht nicht dieser Baum. Sag,
warum bist du weggelaufen? Es war nur eine
Wette."
„Richtig, nur eine Wette: Wen bekommt Roman,
unser Romeo, unser heldenhafter R…"
Romans Hand klatschte ihr auf den Mund. Rinde
fiel ihm auf den Fuß. „Au! Du dumme Gans, hör
auf zu beißen. Bei dir ist das etwas ganz anderes.
Sarah war nur Teil der Wette, um meinen Vater zu
bekehren. Als ob du das nicht genau gewusst hast.
Bei uns beiden ist es Liebe. Ich zeige es dir." Er
zückte ein Messer aus seiner Hosentasche,
klappte es auf und steuerte direkt auf ihr Gesicht
zu.

Knorl schrie: „Jule, lauf! – Halt! Er wird doch wohl nicht ..." Tief in seinem Bauch schmerzte es.

„Was soll das?", kreischte die junge Frau, „du tust ihm weh. In diesem Baum steckt mehr. Das darfst du nicht. Er blutet."

Der Schmerz in Knorls Bauch wuchs wie Ringe, die ein geworfener Stein auf der Wasserober-fläche des Sees vorantreibt.

Der Geist stöhnte: „Junge, was tust du? Dein Messer spaltet die Borke meiner Rinde. Es dringt weiter in die Bastschicht ein und zerschneidet das lebende Gewebe."

„Huch, geht das jetzt leicht. Weich ist die Schicht. Iihh." Der junge Bursche schlackerte seine Hand ab. „Es fließt Wasser aus dem Stamm heraus."

„Hör auf, er blutet. Das ist kein gewöhnlicher Baum. In ihm steckt eine Seele, ein Geist. Du tust ihm weh. Ich weiß es. Das kann böse enden. Lass es!"

„Wie mein Vater. Ein Geist. Hat er es dir geflüstert. Sag bloß, du liebst diesen Baum mehr als mich?"

Unter Schmerzen erkannte Knorl ihr nachdenkliches Gesicht.

„Ja! Sag es, Jule, sag es!"

Schon wurden sie aus den Gedanken gerissen.

„Jule, sag: Soll ich aus dem R und J ein B und J machen?" Schallend lachte Roman und kratze fleißig weiter an der Rinde. Die verzweifelten Faustschläge der jungen Frau gegen seine Brust ermunterten ihn geradezu. „Dann schreiben wir die Bücher um: Baum und Julia, die Lovestory schlechthin." Er ging einen Schritt zurück und stolperte über eine Wurzel. Das Messer fiel ihm aus der Hand. „Autsch!"

„Das geschieht dir recht. Du verstehst nichts von der Magie der Natur, geschweige denn von wahrer Liebe", beschimpfte ihn Jule.

„Ich zeige es dir doch. Mit dem hier fange ich an. Vaters Wald wird es allen zeigen. Sag mir endlich, dass du mich noch liebst!" Er lutschte an dem Kratzer seines Handballens.

„Dich?", schnaubte sie, „Wo du meine Freundin anstelle von mir zu deinen Eltern eingeladen hast, nur weil dein Vater ihre stinkreichen Eltern mehr mag. - Dich soll ich lieben?"

„Jetzt tu doch nicht so. Ihr hattet es geplant. Es war die Wette unter euch Mädchen. Deine Freundin kam mit zerrissenen Jeans,

*verschmierten Händen und benahm sich beim
Essen, als wäre sie ein Schwein. Du hast die
Wette gewonnen. Mein Vater warf sie hinaus und
wollte, dass ich dich zurückhole. Er hatte dich
durch das Fenster lauschen ʹsehen. Du liebst
mich, ich weiß es.ʺ*

*ʺEr hat mich gesehen?ʺ Sie legte den Kopf
schief. ʺAber ich musste doch kommen. Sicher
war ich mir nicht. Hätte ich ihr blind vertrauen
sollen? Du kannst mir viel erzählen. Es sah ganz
anders aus, als ich davonrannte. Ich kenn doch
Sarah und ihre geheimen Wünsche, genauso wie
dich, du Romeo. Ich bin mir sicher, du hättest sie
genommen, nur um des lieben Frieden willens.
Ihr ward euch doch einig. Ihr alle!ʺ Jule
schluchzte und sah verletzt aus, sodass Knorl fast
mitgeweint hätte. Dann ließen ihn die Worte des
Försterjungen zusammenzucken.*

*ʺJule, aber nein. Mein Herz gehört dir. ICH
LIEBE DICHʺ, schrie Roman durch den Wald.
Es grummelte über ihren Köpfen. Gewitterwolken
zogen auf. Die kahle Krone neigte sich nach
hinten, als würde der Baum dem Wind etwas zu
flüstern. Dann schnellte sie zurück und erstarrte.*

„Pah, alles Betrug. Diese bedeutenden Worte schreist du in den Wald hinein. Ist dir klar, dass sie jemand hört?", verhöhnte ihn Jule und wendete sich ab.

„Das glaube ich nicht. Drum ritze ich es ja in alle Baumstämme hinein. Aber wenn du meinst, dann trau dich doch und ruf es auch hinaus. Du wirst schon sehen." Roman packte mit beiden Händen zu und drehte ihren Kopf zu sich. Er hielt sie fordernd fest. „Und?!"

„Da kannst du so alt werden wie ... wie der Baum hier. DIR sage ich sie nicht. Ich sage sie ..." Sie entriss sich seiner Umklammerung. Ihr Blick wanderte den Stamm empor, huschte durch die Verzweigungen. Es schien so, als träfe er Knorls Augen, stierte dann aber in die schwarze Gewitterwolke über der Baumspitze.

„Wem, sagst du sie?"

Jule antwortete Roman nicht. Sie starrte auf das geritzte Herz in der Stammmitte. Das brennende Gefühl in Knorls Magen schlug um, als seien tanzende Schmetterlinge über seine Rinde geflattert.

„Hat er nun ein B geschrieben? Meint sie mich? Sie meint wirklich mich! Hörst du Wind, gleich

*sagt sie es. Lass die Wolken aneinanderklatschen,
sodass es blitzt."*

*„Aaahhber ich hhabe sie oft mit Roman
gesehhhn. Siiehh liiieebt dich nicht. Glaube mir.
Sie ist nicht die Richtige. Sie bringt dir Unhheihl.
Spühhrst du das nicht? Löhhse dich endlich von
ihhr!" Anstatt sich von ihr zu lösen, löste sich
Knorl aus der Gestalt des Baumes. Aus dem Geist
der Größe eines Trolls wurde ein kleiner Zwerg,
der sich vor Schmerzen den Bauch hielt und im
Stamm auf- und abrobbte. Wie vernarrt versuchte
er, das Herz zu erkennen. Seine Jule behielt er
dabei im Blick.*

*Als er in der Spitze des Baumes ankam und
immer noch nichts erkennen konnte, drohte er
dem Wind: „Nun, lass es endlich tosen und
schüttle die Gewitterwolke! Ich bin der Geist des
Baumes. Wenn ich der gute Geist des Waldes bin,
dann werde ich in Frieden mit dir leben. Aber so
hüte dich vor meinem Zorn. Ich lasse dich
aufbrausen, dass du nie mehr zur Ruhe kommst."
Der Wind wusste von der Macht der Baumgeister
und auch der der bösen Waldgeister, wie sie mit
ihrer Hinterlist, ihn zum Erzürnen bringen
konnten. Also gehorchte er. Mit einer Böe*

wirbelte er die gefallenen Blätter im Kreis herum.
Die Äste des Baumes wiegten sich hin und her.
„Hörst du das?", fragte die junge Frau.
„Sturm kommt auf und dein alter Baum knarrt.
Die Blätter hat er schon geschmissen.
Wahrscheinlich ist er krank, krank vor Liebe so
wie ich. Aber so sieht Vater das wenigstens, wenn
ich ihm Bescheid sage. Diesen Baum hätte er
längst kennzeichnen sollen."

Ich stutzte. Für mich sah er gesund aus. Der
hinter mir vielleicht. Aber der vor mir, war nicht
krank.

„Warum?" Jule schaute verwirrt. Roman deutete
mit der Handkante einen glatten Schnitt an seiner
Kehle an und machte Würgegeräusche.
„Das tust du nicht!", bestimmte Jule und sprach
dabei Knorls Gedanken aus.
„Dann komm her und zier dich nicht." Er zerrte
an ihrem Arm und drückte ihren Körper an
seinen. Schon warf er sie auf das wirbelnde
Blättermeer. Weich und samtig legte sich eine
Decke um ihre Körper. Sie schmiegten sich
aneinander.

22

„Aber ich habe die Blätter nicht für diesen Romeo fallen lassen. Sie sollten für uns sein. Jule…" Knorl musste etwas tun. Er rutschte von der Spitze herab in den großen Ast hinein, der weit über dem küssenden Paar schwebte. Heftig sprang er in ihm auf und ab und platzte fast vor Wut, als er sah, wie und wo der Försterjunge die sich wehrende Jule anfasste. Wehrte sie sich? „Könnte das Messer noch in meiner Rinde stecken. Ich würde ihm …" Immer fester rüttelte Knorl an den einzelnen Zweigen des Astes. Er schwang sie im Rhythmus des aufkommenden Sturmes. „Ich muss wieder zum Baum werden, dich mit meinem großen Arm packen und in die Luft schleudern, auf dass der Wind dich hinfort weht."

Schon schlüpfte sein Arm in den Ausleger und die Finger in die langen spinnenartigen Zweige mit ihren spitzen Enden, als es krachte.

Unter Donnern zerbarst der Ausleger und stürzte nieder. Jule, deren Blick nach oben gerichtet war, schrie auf. Für den Bruchteil einer Sekunde war Roman abgelenkt und rührte sich nicht. Sie hingegen rollte sich mit panischer Kraft unter seinem Körper heraus, vom Baum weg und

kugelte ein Stück die Wiese hinab. Der Ast traf
Roman direkt. Regungslos blieb er liegen.

„Was hast du getan?" Jule sprang auf und rannte
zu Knorl, dessen Verlust über den Arm nicht so
schmerzte wie der Blick in Jules entsetztes
Gesicht.

„Meine Jule, ich habe dir geholfen! Nun sag es
endlich. Wie lange muss ich noch auf diesen
Augenblick warten? Das Gewitter ist da. Wir
beide sind da. Nur die drei magischen Worte tief
aus deinem Herzen fehlen noch zu unserem
Glück. Ich werde der gute Geist des Waldes und
nehme dich mit als meine Frau."

„Warum? Warum nur?" Sie trommelte gegen die
Rinde lauter als die heranrückenden Donner.

„Weil wir Opfer bringen müssen. Auch du, Jule.
So verlangt es unsere Liebe! Ist der Verlust dieses
Menschen wirklich so groß? Warte erst ab, bis
dich mein Trank aus deiner Hülle löst. Also,
warum freust du dich nicht? Du bist wieder frei,
frei für mich!"

„Wie konntest du nur? Es war nicht recht, was du
getan hast. Ich hatte ihn doch fasst soweit."
Wieder rannen Tränen ihre Wange hinunter.
Diesmal brannten sie sich bitter in Knorls

Wurzeln. Sie schluchzte: „Er hätte mich heiraten müssen, ich kenne seinen Vater. Da ist er gnadenlos. Das gehört sich so. Damit hatte ich gerechnet. Warum hast du meinen Plan zerstört? Du dummer Baum! Das hast du nicht umsonst getan", schrie sie. Dann kniete sie sich zu dem jungen Mann nieder. Der Ast lag quer über seiner Brust.

Er röchelte: „Ich liebe dich wirklich, meine Jule."

„Ich dich auch, mein Romeo!" Sie strich ihm eine Haarsträhne aus der Stirn. Zärtlich küsste sie ihn. „Bewege dich nicht. Ich hole Hilfe." Sie stand auf und trat heftig vor den Baumstamm. Schon wollte sie losrennen, da tobte Knorl vor Zorn: „Jule, du dumme Jule! DAS TUST DU NICHT!" Der Sturm drückte sie vorwärts. Doch wie auf ein magisches Zeichen hin änderte er seine Richtung und blies ihr direkt ins Gesicht. Sie kam nicht von der Stelle. Auch Knorl hatte gegen den Wind anzukämpfen. Er streckte den anderen Ast nach ihr aus, konnte sie aber nicht packen. Zu stark war der Widerstand.

„Na, wartet. Euch werde ich ...", drohte er dem Wind. Er riss sich die Rinden vom Leib und warf

nach Jule. Sein Zeigefinger, der in einem
abbrechenden Zweig steckte, schlug ihr trotz
Gegenwind als Knüppel in die Kniekehle. Sie
stürzte unglücklich auf das Moos seiner Wurzeln.
Der Geist des Baumes starrte hinab und fühlte,
wie sehr sein Körper überall schmerzte. Er biss
sich auf die Lippen und grummelte vor
Verbitterung: „So wollte ich das nicht. Diese
Liebesgeschichte sollte anders ausgehen. Das
habe ich nun von meiner Gutmütigkeit, ich guter
Geist." Die ersten Regentropfen fielen.

Ich merkte, wie dunkle Wolken aufzogen, mit
Gewitter drohten und immer mehr von der Kälte
brachten. Aber jetzt konnte ich nicht gehen.
Hastig schlug ich die nächste Seite auf.

Noch vor Ende des Gewitters fand der Förster die
beiden unter den Ästen eines kahlen Baumes
liegen. Über ihnen prangte ein geritztes Herz.
„Romeo und Julia! Kinder, warum nur? Warum,
war ich so engstirnig und habe euch aus meinem
Haus vertrieben? Habt ihr euch so geliebt?
Ausgerechnet unter diesem Baum. Ich wusste,
dass er älter war, als es scheint. Aber, dass er so

morsch ist. Das werde ich mir niemals
verzeihen!" Schluchzend schüttelte er den Kopf.
„Förster, schau: Sie leben!" Einer seiner
Gesellen, der mitgekommen war, bei der Suche zu
helfen, fasste ihm von hinten auf die Schultern.
„Lass uns deine Kinder nach Hause bringen.
Gleich morgen früh nehmen wir uns das Totholz
hier vor."

„Er steht immer noch", schmunzelte ich, „düster
wirkt der Baum, bedrohlich, eher gekränkt, voller
Angst, vielleicht. Das Herz ist bestimmt auf der
Rückseite." Ich beschloss, nachher
herüberzugehen, um es mir anzuschauen. Jetzt
musste ich wissen, wie der Geist sich verhielt.

Knorl flutschte zurück in die Gestalt eines
Gnoms. Er blutete stark und klammerte sich in
der kahlen Baumkrone fest. Unter Schmerzen,
Trauer und Zorn blickte er in die dunklen Wolken.
„Wind, sag mir: Ist das das Ende?"
Der Wind hauchte: „Du hhast deinen Weg
bereihhtet. Aahhber, vielleicht macht die Natuhr
eine Auhhsnahhme und hilft dir, noch bevohr
dein Baum ..." Ein greller Blitz zischte durch die

Luft und schlug mit Grollen mittig in die Krone ein. Unter markerschütterndem Knarren und Knacken spaltete sich der Stamm. Jule, die neben ihrem Romeo bereits außer Reichweite getragen worden war, schlug die Augen auf. Der zweite Blitz erhellte die Silhouette des zerbrechenden Baumes. Sie rief: „Das geschieht dir recht. So lieb hatte ich dich. Aber nun ... du stirbst ..."

„So weit kommt´s noch! Ist es so schwer? Diese drei duseligen Worte zu sagen! Schrei sie in den Wald hinein!", brüllte Knorl. Ihr Blick fiel auf Roman und dann auf das gespaltene Herz in der Rinde. „TU es ENDLICH, du dumme Gans. Siehst du nicht, was mit mir geschieht?", fluchte der Geist über ihre Herzlosigkeit.

Sie spürte seine Worte.

„ICH ..." Gehorchte sie? Etwas Sonderbares umkreiste den Baum. Jule vollendete den Satz: „HASSE DICH". Unmittelbar jetzt schlug der dritte Blitz bis in die Wurzeln ein. Die Stammhälfte, auf der Knorl hinabgerutscht war, stürzte zu Boden. Das Holz zuckte, so dass der Geist von ihm abfiel. Wie war ihm geschehen? Die unsichtbaren Fesseln hatten sich von seinem Körper gelöst und ihn von seinem Baum befreit.

Die Wandlung war vollzogen. So schnell ihn seine krummen Beine tragen konnten, hinkte er davon. Niemand sah ihn. Kälte kroch unter dem niederprasselnden Regen ins Gehölz hinein. Wind heulte durch den Wald: „Deinesgleihhchen wirst du bald finden. Siehh sind verbittert und zerrissen vom Zohhrrrn. Knorl, jetzt ist es so. Leihhder. Im Wald gihhbt es nicht nur guhhte Geihhster."

Zurück dröhnte es: „Ich komme wieder und werde sie mir holen. Dem sei gewiss. Wenn nicht sie dann ihre Kinder oder Kindeskinder! Das schwöre ich, so wahr ich der Knorl bin."

Ein lauter Donnerschlag besiegelte den Fluch.

Geschrieben von Roman für Julia und unsere Kinder: Hütet euch vor dem Knorl!

Großmutter hieß Julia und ihr gestorbener Mann tatsächlich Roman. Sicher, es war seine Geschichtensammlung, die er gemäß den Notizen seines Vaters zusammengeschrieben hatte. Weiter vorne hatte ich bereits gelesen, dass die Förstergesellen und mein Urgroßvater selbst den Fluch eines gestürzten Baumgeistes fürchteten.

Denn würden sie die leere Hülle des Stammes wirklich niederschlagen, käme noch mehr Unheil über die eigene Familie.

„Aberglaube", dachte ich damals und wenn ich mir heute den Baum vor mir ansah: Wie ein alter, gebrochener Baum, der von seinem Geist verlassen worden war, sah er wirklich nicht aus. Rums! Ich erschrak. Blitz und Donner krachten gleichzeitig und ließen mich das Buch zuklappen. Regentropfen fielen mir auf den Kopf. Der Wind heulte.

Deutlich rief mir das Gras zu: „Lauf endlich, lauf!" Ich drehte mich um.

Zersplittert stand er da. Aus dem gespaltenen Herzen des Baumstumpfs, an dem ich die ganze Zeit gelehnt hatte, griffen plötzlich kalte Hände nach mir. Nicht aus Fleisch und Blut. Schwarze Schatten krochen zu mir, seidigweich über meine Schultern, und schlangen ihre Arme um meinen Hals.

Knorl war in seinen alten Baumstumpf zurückgekehrt. Er lauerte auf mich!

Voller Panik sprang ich auf, schlug mit dem Buch um mich und rannte davon.

Wenn mich heute eines meiner Kindern oder Enkelkinder fragt: „Glaubst du an Magie?", schlage ich den abgegriffenen Ledereinband auf und fange ganz vorne an zu lesen.

(Ein Haiku)

Herbst ist im Anmarsch

Kürbisse färben sich schon

Letztes Aufblühen

Wie Bonnie und Clyde

„Opa, wann sind wir endlich da?"

„Ben, so wirst du an der neuen Schule keinen Blumentopf gewinnen. Beim Crosslauf geht es über Stock und Stein."

„Seit einer Stunde latschen wir hier durch. Abseits von allen Wegen. Opa, es wird gleich dunkel. Mama hat gesagt, du sollst mir keinen Quatsch beibringen."

„Quatsch ... so ein Quatsch. Früher! Das waren Zeiten. Oma und ich waren unschlagbar. Hier war unser Revier. Unser Wald mit all seinen Geheimnissen."

„Hat euch niemand erwischt? Papa sagt, ihr wart wie Bonnie und Clyde. Habt ihr auch gemordet?"

„Bonnie und Clyde. Die haben nie etwas Bedeutendes gestohlen."

„Aber sie sind berühmt geworden."

„Weißt du: Als die so alt waren, wie du es jetzt bist, haben sie sich hier im Wald getroffen."

„Bei uns? Wie sollte das gehen?"

„Pangea? Noch nie gehört?"

Ben schüttelt den Kopf.

„Früher waren unsere Kontinente als Superkontinent verbunden und da waren Bonnie und Clyde mit ihren Eltern auf Europatour. Sie haben einen Ausflug gemacht. Die Stelle, wo sie sich das erste Mal trafen, zeige ich dir gleich. Dort haben sie sich ewige Treue bis in den Tod hinein geschworen. Zwei Tropfen Blut fielen dabei zu Boden."

„Und was ist passiert?"

„Die beiden sind mit ihren Eltern wieder nach Amerika gereist. Jahre waren sie unterwegs, bis es zu ihren berühmten Raubzügen kam. Zu der Zeit vereinten sich viele Städte und Gemeinden, um gegen die Verbrechen gerüstet zu sein."

„Ehrlich? Bei uns auch?"

„Bei uns schlossen sich Tambach und Dietharz zusammen."

„Wegen Bonnie und Clyde?"

Großvater zieht die Schultern hoch und zwinkert Ben über seine Nickelbrille hinweg an.

„Mein Junge, als ich so alt war wie du, begegnete ich deiner Oma in diesem Wald. Damals fand man bei uns Saurierskelette, so wie sie sonst nur in Amerika entdeckt wurden. Oma und ich trafen uns genau an der Stelle, an der sich auch Bonnie und Clyde in den Handballen geritzt hatten." Er hebt einen Stock auf und bricht ihn entzwei. „Oma und ich schworen uns ebenfalls, ein Leben lang zusammen zu ..."

„... stehlen?" Ben reißt die Augen auf. „Das wusstet ihr schon, als ihr Kinder wart?"

„Ach, Ben. Das ist komplizierter."

„Verstehe ich nicht?"

„Das hat mit Liebe zu tun. Liebe auf den ersten Blick, wahrer Liebe, Vertrauen und so. Von ganz tief unten aus dem Inneren heraus. Zack. So für immer. Unser Wald hat das Magische. Du wirst es spüren, wenn wir genau dort sind."

„Wann sind wir endlich dort?"

„Warum bin ich es eigentlich, der dich hierherbringen muss? Warum weigern sich deine Eltern, dir die Stelle zu zeigen?"

„Sie würden nie mit mir nachts in den Wald gehen."

„Kind, heute - wenn überhaupt - wird es spät dunkel. Es ist Mittsommernacht. Der Mond wird dieses Jahr noch fast voll am Himmel stehen, wenn die Sonne längst untergegangen ist."

„Kommen da Hexen?"

„Nein", lacht der Großvater, „gewiss nicht. In dieser Nacht treffen sich die Urgeister der Wesen, die einst diesen Ort aufgesucht haben, um sich die ewige Liebe zu schwören."

„Treffen wir Oma?"

„Das wäre schön! Den Tanz kann ich mit ihr nicht tanzen. Ein anderes Mal vielleicht, wenn auch ich tot bin. Dann - musst du gucken kommen."

„Du meinst wirklich, sie ist tot?"

„Ich weiß es."

„Wie lange ist es her, dass sie verschwunden ist?"

„Vier Jahre. In dem Jahr, in dem du eingeschult wurdest."

„Sind da nicht auch die Dinos verschwunden?"

„Seymouria. Keine Dinos." Großvater streckt die Arme vor. Den Blick auf das Unterholz gerichtet malt er mit dem Stock zwei gegeneinander – liegende Halbkreise in die Luft. „Ben, wir haben es gleich geschafft, mein Junge! Was ich dir dort erzählen werde, muss unser Geheimnis bleiben."

„Mama meint eh, deine Geschichten sind alle erfunden. Du würdest immer merkwürdiger, seit Oma dich verlassen hat. Also warum sollte ich ihr etwas von unserer Nachtwanderung erzählen? Wenn sie wüsste ..."

„... dann würde sie dir den Umgang mit mir verbieten." Großvater lacht und streicht Ben über die Locken. „Siehst du die Lichtung dort? Was kannst du erkennen?"

„Einen Hügel. Bäume, die drumherumstehen, als ob sie ihn bewachen wollen. Warum sind an der einen Stelle kleine Eichen gepflanzt? Wo führte der Weg mal hin?"

„Dahinter liegt ... ach was. Junge! Bleibe bei deinem Crosslauf ja auf der Strecke! Biege niemals, auch nicht versehentlich, hierherhin ab! Das ist nicht gesund für den Mitschüler, der dir folgt. Wir wollen doch nicht, dass ihm etwas passiert, oder?" Opa klappt das Springmesser auf, fixiert die Spitze und drückt sich damit eine Delle in seinen Handballen. Dann beginnt er, den Stock zu schnitzen. „Verrate diesen Ort auf keinen Fall. Der Hügel ist heilig. Schwöre! – Gut." Großvater klopft neben sich auf den roten Sandstein. „Setz dich, mein Junge! Wir warten." Beide starren nach vorn.

„Kommen gleich Wildschweine? – Rehe? – Hasen, Kaninchen, ein Fuchs vielleicht?"

„Sei still!"

Eine Viertelstunde schafft es Ben, zu schweigen.

„Opa, was machen wir hier eigentlich?"

„Ben, das hier ist die Stelle, an der sich bereits viele ..."

„... die eeeeewiiiiige Liiiiiebe geschworen haben."

„Ben?!" Großvater schaut seinen Enkel scharf an und pustet vor die Klinge des Messers.

„Klebt hier Blut?" Der Junge springt auf. Hektisch klopft er sich die Hose ab, dreht und wendet sich.

„Nicht hier", grinst der Großvater, „schau zum Hügel. Vielleicht wirst du gleich was sehen."

„Bonnie und Clyde als Urgeister? Opa, ich kriege Angst."

„Ich weiß nicht, ob sie heute kommen werden. In den letzten Jahren habe ich sie hier nicht mehr gesehen. Vielleicht sind sie mit Oma endgültig mit der Erde verschmolzen und können gar nicht mehr auftauchen."

„Oma ist begraben worden? Was weißt du, das Mama und Papa nicht wissen?"

„Sie wissen das, glaube mir. Und heute wird es Zeit, dass auch du endlich die Wahrheit erfährst. Mittsommernachtsgeheimnis?!?"

„Mittsommernachtsgeheimnis! Ehrenwort! Top secret. Ich schwöre!" Ben hebt die Finger und drückt sie vor die Brust.

„Mein Junge, also dann: Es begab sich damals, dass Oma und ich eine große Tat begehen wollten. Die kleinen, mit denen wir euch das Haus finanzierten oder uns allen den Urlaub nach Amerika spendierten, um auf den Spuren von Bonnie und Clyde zu wandeln, waren uns zu bedeutungslos geworden. Eine große Tat, die unserer Familie Ruhm bringen sollte, musste her."

„Räuberruhm?"

Großvater schmunzelt: „Räuberruhm ... der besser noch ist, als der unserer Vorbilder. Leider geschah das, was nicht hätte passieren dürfen."

„Oma verschwand."

„KIND! Oma ist nicht verschwunden! Oma hätte mich nie im Stich gelassen. Blutsschwur ist Blutsschwur. Liebe auf ewig." Er hebt das Messer.

„Ich werde mich nicht ritzen."

„Das brauchst du nicht. Keine Angst. Höre nur zu."

„Opa, es raschelt." Mit geweiteten Augen starrt Ben zum Hügel. Laub und Staub steigen empor. Als würde Wind die Lichtung heimsuchen, herumwirbeln und Äste, Steine und Blätter tanzen lassen. Ben kauert sich zusammen.

„Was geht da ab?"

„Sei still!"

Der Junge krallt sich in den Arm seines Großvaters.

„Das", flüstert dieser, „ist erst der Anfang. Schau hin! Der Mond wird gleich seinen Schein hinunterfallen lassen und den Hügel genau an der Stelle beleuchten."

„So wie ein Scheinwerfer die Bühne bei unserem Schultheater?"

„Da! Jetzt! Schau!"

„Wer ist das?"

Der Großvater fasst sich an die Brust.

„Opa!"

„Magisch! Das ich das nochmals erleben darf."

Geisterhafte Wesen umschlingen sich, reigen umeinander. In einem Ausfallschritt drückt der eine, die andere gen Boden. Sie wirft den Kopf in den Nacken, verharrt in der Stellung, bevor sie sich wieder aufrichtet und mit ihm raumgreifende Schritte den Hügel hinab in Richtung rotem Sandstein macht.

„Die haben uns entdeckt. Sie richten ihre Pistolen auf uns. Sie kommen direkt auf uns zu."

„Bleib ruhig! Sie drehen gleich ab. Das ist Tango."

Abrupt reißt das Pärchen den Kopf herum und steuert den Lichtkegel auf dem Hügel wieder an. Die Strahlen erfassen die beiden. Es fällt ein Schuss. Im Wirbel des Windes werden sie mit samt den Blättern emporgesogen. Über ihnen leuchten die Farben der Raketen des Mittsommernachtsfeuerwerks.

Großvater keucht: „Bonnie und Clyde!"

„Wo sind die hin?"

„Wichtiger ist, was sie freigelegt haben!"

„Dinos?"

„Keine Dinos! Die Modelle des Doppelskeletts der Ursaurier."

„Etwa das Tambacher Liebespaar?"

„Die beiden Ursaurier der Gattung Seymouria! Sie liegen vereint wie Ying und Yang zu einander gewandt."

„Sie erheben sich!" Ben traut seinen Augen kaum.

Ihre Körper schieben sich vor. Dumpf setzen ihre kräftigen Gliedmaße, im Takt auf einander abgestimmt, auf. Ihre Zehen bohren sich ins Unterholz des Hügels. Die Hinterbeine schleudern Blätter hoch. Die Staubwolke, die entsteht, hüllt sie ein. Ab und an lugen die bulligen Köpfe aus ihr heraus und kreisen umeinander, bis sie wieder eintauchen.

Ben hustet. Großvater reißt die Augen auf und verspannt.

Zwei Schädel durchschneiden den Dunst. Zwei große, runde Augenpaare stieren zu den beiden herüber.

„Nicht bewegen", flüstert Großvater.

Im Gleichschritt verlassen die Ursaurier ihre Wolke und schwanken auf den Sandstein zu.

„Drehen die gleich auch ab, Opa?"

Großvater greift in seine Westentasche, wedelt mit etwas Eingepacktem in der Luft und wirft es über die Köpfe der Saurier hinweg Richtung Lichtkegel. Sofort wenden die beiden Landwirbeltiere und tauchen in die Wolke ein.

„Was war das?"

„Unser Salamibrot mit Salat und Gurke! Das beste Lockmittel für Saurier der Gattung Seymouria."

„Woher weißt du das?"

„Räubergeheimnis!" Er zwinkert Ben zu.

Der Wolkenstaub wirbelt. Im Sog verschwindet er im Lichtschein gen Himmel. Die Blätter, Äste und Steine beruhigen sich. Erschöpft lässt sich das Tambacher Liebespaar zu Boden fallen und erstarrt.

„Jetzt liegen sie wieder wie Ying und Yang."

„Opa, wieso sind die hier?"

„Weil sie sich nicht in Amerika den Schwur gegeben haben. Hier taten sie es, genau an dieser Stelle. Nicht drüben auf dem Bromacker, wo man sie gefunden hat. Glaub mir! Wenn du könntest, könntest du Oma fragen. Hier war es, genau hier."

„Hier, wo auch ihr ... geschworen habt?"

„Wir, Bonnie und Clyde und diese Ursaurier. Oma und ich mussten dafür sorgen. Alles muss seine Ordnung haben. Niemand hat uns beobachtet."

„Wie habt ihr das gemacht?"

„Das werden die hellen Köpfe der Polizei schon herausfinden müssen." Er holt das zweite Salamibrot heraus und zwinkert seinem Enkel zu. Mit einem Kopfwink deutet er auf die jungen Eichen, die den Weg zum Crosspfad versperren.

„Über den Weg hast du sie gelockt?"

„Du verrätst nichts!"

„Mit Oma?"

„Oma ist nach der Tat gestürzt. Es war Mittwochnacht. Über eine dämliche Wurzel ist sie gestolpert. Sie ist genau auf die Schläfe gefallen. Es gab einen dumpfen Schlag. Geblutet hat sie, ihre schönen blauen Augen verdreht und einfach nichts mehr gesagt." Großvater atmet schwer. Eine Träne kullert seine Wange hinab und fällt auf die Hand, deren Ballen geritzt ist. Zwei Tropfen fallen zu Boden.

„Wo ist Oma jetzt?"

„Wenn ich sterbe, wirst du mich mit deinem Vater hierher bringen. Danach müsst ihr der Polizei den wahren Fundort des Tambacher Liebespaares nennen. Ihr werdet berühmt. Oma und ich brauchen das im Dadrüben nicht mehr. Bestimmt bekommt ihr einen dicken Finderlohn. Allein das Pärchen ist seine 6000 Euro wert."

„Opa!" Ben nimmt ihm das Messer aus der Hand und klappt es zu.

„Meine Asche verstreust du direkt hier neben Omas Asche." Er bohrt das gespitzte Ende des Stockes vor sich in den Boden. „Wenn du willst, kläre die Polizei auf. Unser Geheimnisschwur ist dann aufgelöst. Aber überlege gut." Er streichelt Ben eine Locke aus der Stirn. „Mein Großer, jetzt, solange das Feuerwerk tobt, müssen wir die Blätter wieder über das Liebespaar legen. Mach du das! Ich bin müde."

„Opa, Oma und du ..."

„... sind bald vereint in ewiger Liebe."

„Wie Bonnie ..."

„Wie Bonnie und Clyde."

„Auszug: Lokale Nachrichten, 02.08.2025"
10 Jahre ungelöst
Die Polizei tappt im Dunkeln.
Vor zehn Jahren, im August 2015, in der Nacht von Mittwoch auf Donnerstag stahlen Unbekannte die Nachbildungen des Doppelskelettes der Ursauriergattung Seymouria. Ein seltener Fund am Bromacker, dessen Modelle den Besuchern frei zugänglich waren. Über 6000,- Euro kostete es die Stadt, das „Tambacher Liebespaar" 2016 zu ersetzen. Von den Tätern fehlt seither jede Spur.　　　News der Redaktion

(Ein Haiku)

Herbsttage kommen

Jugendfrische vergeht nicht

das goldige Herz

Probewohnen

„Ist er das?", flüstere ich.

„Manne", schreit sie, „... Kind, das ist Manne."
Sie greift zur Fernbedienung und schaltet die
Übertragung des Rugbyspieles ab. Sie tippt an
ihre Ohren und nickt in meine Richtung.

„Manne", schreit sie wieder, „das ist meine
Tochter."

^^^ * ein Tag zuvor: * ^^^

Das Telefon läutet. Ich nehme den Hörer ab und
schrecke zurück.

„Kind, ich habe es gemacht!", schreit sie.

„Was?"

„So einen Gewinn konnte ich nicht ausschlagen."

„Mutter? Wo warst du?"

„Ich konnte mich die Woche nicht melden. Du
musst verstehen. Wir waren durchgetaktet:
Lesungen, Kulturelles, Musik, Stadtführungen.
Ein dolles Sportprogramm bieten die an",
schwärmt sie, „Schwimmen, Kegeln, Bowlen,
UND Tennis."

„Tennis? Bist du dafür nicht zu ..."

„Frag deine Jungs. Du glaubst gar nicht, wie viel Spaß das macht. Und ein Essen gibt es dort. Ich habe unendlich viele Salatvariationen, mal mit Putenstreifen, mit frischer Ananas oder Schafskäse gegessen. Manne hat nicht kauen wollen und durchweg Spätzle mit Schwammerlnsoße genommen. Ein Traum – wenn man auf Spätzle steht. Er nimmt einfach nicht zu."

„Manne? Er lutscht Spätzle?"

„Ich muss sie nicht aufschlagen und schaben", lacht sie, „auch das Kücheputzen fällt weg, sowie das Fensterputzen. Kind, die Zimmer sind überschaubar. Was brauche ich denn schon? Wenn ich will, bekommen wir das größere mit Verbindungstür. Aber dann bleibt das nicht so. Du weißt, ich hasse Standardausführungen. Ein bisschen Individualismus will ich mir im Alter bewahren. Das aktzeptieren die voll und ganz."

„Ich verstehe nur Bahnhof."

„Weit weg ist der nicht. Wenn ich will, setze ich mich in den nächsten Zug und komme zu dir oder du kommst mal. Eine richtig kleine Einkaufsstadt in beruhigter Fußgängerzone gibt es dort. Cafés, Drogeriehäuser, gleich zwei, Läden für Schuhe,

Kleidung und einen exclusiven Dessousshop. Sogar ein Tabakwarengeschäft mit einem riesigen Zeitschriftensortiment haben die dort. Das musste Manne mir gleich zeigen."

„Raucht Manne?"

„Nein, Gott bewahre. Er spielt Lotto."

„Lotto? Du weißt, wie ich dazu stehe."

„Vertue dich nicht, mein Kind. Ich habe ja auch gewonnen."

„Was hast du gewonnen?"

„Sie haben meinen Zettel aus der Trommel gezogen, obwohl ich ihn ganz klein geknickt hatte. Vielleicht war es Bestimmung. Sonst hätte ich mir das doch gar nicht erst angesehen. Eine ganze Woche lang mit Betreuung all inclusive."

„Ohne Telefon, Mutter?"

„Das war Auflage. Selbstfindung, Loslösen vom Alltag, in sich hineinhorchen. Das Meditationsprogramm ging mir ganz schön auf die Nerven. Es wird keine Pflichtveranstaltung sein, sagen sie. Aber ich sollte feststellen, ob es mir guttut oder ob ich der andere Typ Mensch bin. Ich bin der andere Typ. Das habe ich denen ganz klar und deutlich zu verstehen gegeben. Sie haben gelacht und mir einen Kaffee im hauseigenen Café zur Entspannung vorgeschlagen. Der schmeckt dort wirklich. Eigentlich brauche ich dafür, noch nicht einmal in die Stadt zu gehen und eins der Cafés auszuprobieren. Haben wir trotzdem gemacht. Ich sage es dir, mein Kind. Wenn du willst essen wir im hinteren Café an der unteren Ringstraße einen warmen Apfelstrudel mit Vanilleeis und Sahne. Den machen die jeden Tag frisch, sagt Manne."

„Ich will keinen Apfelstrudel. Ich will jetzt wissen, wo du warst. Wo bist du da reingeraten, Mutter?"

„Man kann die Uhr nicht zurückdrehen. Es ist, wie es ist und somit muss ich an meine Zukunft denken. Hauseigene Ärzte sind vor Ort. Sogar ein Sportarzt, den haben wir nach dem Schwimmen aufgesucht, als ich den Krampf hatte. Ein netter Mann. Kind, schließlich gehe ich mit strammen Schritten auf die Achtzig zu. Die Marathonlaufschuhe habe ich längst an den Nagel gehängt."

„Stattdessen willst du jetzt lieber Schwimmen und TENNIS spielen, wenn ich dich richtig verstanden habe."

„Das spielen deine Söhne auch."

„Am Joystick, Mutter. Sag nicht du hast ..."

„Hätte ich das gewusst, hätte ich *mir* die Konsole zu Weihnachten geschenkt. Deine beiden hätten bei mir spielen sollen. So hätte ich sie mehr zu Gesicht bekommen, meine Liebe. Was soll´s?! Hier gibt es genug Match-Partner. Ich werde trainieren und dann fordere ich deine beiden Zöglinge heraus."

„Genau, das machst du."

„Ich wusste, dass du damit einverstanden bist. Ich habe schon unterschrieben. Wenn ich gewollt hätte, hätten sie mir noch eine Woche Probewohnen geschenkt. Das machen die schon mal, haben sie gesagt. Aber da ich gesehen habe, wie wohl sich Manne dort fühlt, haben die mir gleich bei den Formalitäten geholfen. Ich freue mich ja so. Kind, ich brauche aber Hilfe. Beim Möbelschleppen. Viel geht eh nicht mit. Den Rest kannst du versuchen, über Kleinanzeigen zu verkaufen. Auch meine Porzelansammlung. Es sei denn, du willst sie."

„Nix da. Ich will jetzt wissen, was du gemacht hast, Mutter."

„Das sagte ich doch. Ich habe im Preisausschreiben gewonnen: Eine Woche Probewohnen im Seniorenheim *Sportlicher*

Lebensabend unter Gleichgesinnten mit dem Index ´Wäre das auch was für Sie? Denken Sie an Ihre Zukunft.` Das mache ich. Ich glaube nämlich, ich werde noch einmal heiraten. Mein Manne gefällt dir bestimmt."

Speed-Dating

Sechs Minuten pro Paar:

* Was ihm oder ihr bisher geschah

* Wann er oder sie mal glücklich war

* Wie viele Kinder sie oder die Verflossene gebar

* Warum der oder die Ex sich machte rar

* Welche Enttäuschungen nicht mehr passieren
    dürfen ... das ist beiden klar

Wenn Lügen fehlen, bleibt alles wahr.

Doch ob sie oder er
die oder der Neue wird,
klärt sich erst an der Bar.

Komm nach Hause

„Ich glaube, das reicht für heute."

„Noch einen!"

„Sie hatten genug. Glauben Sie mir."

„Was weißt du denn schon?", blafft er den Barkeeper an.

Dieser nickt und wischt über die Theke.

„Gewiss wartet jemand zuhause auf Sie."

„Geschuftet habe ich, tagein, tagaus. Recht war ihr das." Er vergräbt sein Gesicht in den Händen. „Das Geld, das gute Geld ... ist nun Geschichte." Aus seiner Hosentasche zieht er einen Schein und betrachtet ihn, als wäre es der letzte, den er besitzen würde. „Und wenn schon!" Er klatscht ihn auf den Tresen. „Los!"

„Behalten Sie Ihr Geld. Ich rufe Ihnen ein Taxi – so wie früher, als Sie nach den Parties allein aus dem Lokal torkeln wollten."

„Wie früher, dass ich nicht lache. Allein?! Früher ist sie mit mir abgezogen. Lachend, Arm in Arm, zuvor getanzt, geschwoft, gelacht. Einfach den Feierabend ausklingen lassen, das gute Geschäft begießen. Hier, bei dir, den einen oder anderen Kontakt gepflegt, neue Bande geknüpft. Allein?

Was ist denn heute?" Er fixiert den Wandkalender. Ein Kalender, dreiteilig wie der, der in seinem Büro gehangen hat. Der Barkeeper bemerkt das angestrengte Blinzeln und folgt seinem Blick.

„Heute ist Donnerstag. Der letzte Donnerstag ..."

„So?", lacht er, „dann bleibe ich. Auf jeden Fall. Endlich ein Vieraugengespräch. Bin auf ihre Entschuldigung gespannt. Um Ausreden war sie nie verlegen." Er hebt das Glas und schielt am Barkeeper vorbei in den Spiegel. Dann dreht er den Hocker herum und prostet der verwaisten Tanzfläche zu. Er schmunzelt und spürt den Blick des Barkeepers im Nacken. Dieser nuschelt etwas, was nicht zu ihm dringt.

„Ja, ja! Bald wird dein Lokal gegen ein jüngeres, attraktiveres und vor allem profitbringenderes Model ausgetauscht. Mit modernen Innovationen, Glitzer, Glamour, ansprechenden Rundungen ..." Er wackelt mit dem Oberkörper, spitzt die Lippen. „... und aufreißender Kundenakquise, ein Model, das Kontakte pflegen kann. Wirst schon sehen. Das läuft. Keine tote Hose mehr." Seine Hand fährt zwischen die Schenkel. Die Fingerspitzen tasten die warme Rundung. Ein Zucken.

„Es ist gerade erst siebzehn Uhr. Was erwarten Sie, Mann!"

„Meinen nächsten Zeitüberbrücker, der mir die Stunde bis zur Party vertreibt." Im Schwung reißt er den Hocker herum und haut das leere Glas auf den Geldschein. „Los! Umsatz, mein Junge, das ist das, was zählt – uninteressant, wie er zustande kommt. Ich bin dein Kunde."

Er wartet, fixiert sein Gegenüber und bekommt den Scotch mit Eiswürfeln.

„Geht doch!"

„Herr, Sie haben wirklich genug für heute! Das war der Letzte. Ihr Taxi kommt."

Er sitzt da, starrt auf die Spiegel und nippt an seinem Glas.

Die Tür öffnet sich. Mit einfallendem Tageslicht betritt hinter ihm eine junge Frau die Bar. Er schiebt das Glas vor und betrachtet sie im Spiegelbild. Krause Haare, attraktiver Körperbau, wohlgeformte Rundungen. Schlanke Beine stecken in einer Röhrenjeans. Die Absätze der High-Heel-Pumps klacken. Sie schreitet direkt auf die Barhocker zu. Ihr Schmuck glitzert.

Behutsam legt sie ihm die Hand auf die Schulter.

„Komm nach Hause, Papa. Mama hat mich

geschickt, sie wartet. Sie hat dir Eintopf gemacht, genauso wie du ihn magst. Es wird Zeit."

„Maria, ich muss hier noch etwas erledigen."

„Du hast genug getrunken."

Das Nicken des Barkeepers bestätigt ihre Aussage. „Er wartet auf die Leute der Afterworkparty. "

„Papa! Davon nehmen sie dich nicht wieder zurück. Gefeuert ist gefeuert. Die Neue hat dich reingelegt, auch wenn du es ihr nicht beweisen kannst. Die Zeugin, die sie zur obersten Geschäftsleitung eingeladen hatte und die deine Belästigungen, ohne mit der Wimper zu zucken, bestätigt hat, ist jetzt ihre neue rechte Hand. Das war ein abgekarteteres Spiel, mit dem sie dich gekickt haben. Ich weiß es. Komm nach Hause. Lass das Kariereweib mit seiner Assistentin endlich aus deinem Kopf. Genieße die Sperrfrist und dann hoffentlich bald den Ruhestand. Rette deine Ehe. Mama freut sich auf die Zeit mit dir. Sie hat dir längst verziehen.

Im Rausch

Zu tief hineingeschaut.

Mit jedem Tropfen die Hemmschwellen geklaut.

Ein Nebel dich in Watte hüllt.

Immer wieder das Glas gefüllt.

Gelacht, geschäkert, getanzt - geschwankt in der Bar.

Heute ist nicht, was gestern war.

Morgens das Nanu.

Wer bist denn du?

Was machst du hier?

Ein Lächeln: Kaffee ... oder willst du ein Bier?

Oktoberfest

Spät war sie dran. „Ich hasse dieses Leben",
fluchte sie. „Na gut, ich komme viel herum, sehe
viele Städte, lerne eine Menge Leute kennen.
Aber ..." Sie seufzte, stolperte die letzte Stufe
hinunter, fiel jedoch nicht.

ooo

Lange noch hatte er ihren Duft in der Nase. Zur
S-Bahn war er gesprintet. Am mittleren Absatz
der Treppe hatte er sie aufgefangen. Ein bisschen
pummelig war sie. „Im Dirndl hätte sie eine gute
Figur gemacht", schmunzelte er. ´Danke`, hatte
sie gehaucht. Er versuchte, den Klang ihrer
Stimme wiederzuholen. Sträucher, Bäume, Brü-
ckenpfeiler rauschten an ihm vorbei. Der nächste
Halt ließ ihn hochfahren, den Aktenkoffer
schnappen und zur Tür hechten.

ooo

Tatsächlich: Er hatte sich seine alte Lederhose aus
dem Schrank geholt, das Hemd gebügelt und sich
wieder in die S-Bahn gesetzt. Viele stiegen mit
ihm aus. Widerstandslos ließ er sich von der
Menge schieben. Sie passierten den kleinen
Kiosk, vor dem sich zwei Einkaufswagen mit

Leergutflaschen gefüllt hatten. „Das ist die Geschäftsidee", dachte er und lobte den Sinn des Recyclings. Im nächsten Moment kickte er vor die Scherben einer Wodkaflasche. „Warum nur das harte Zeug? Kinder, Kinder!" Aus dem Alter war er längst heraus. Seine Freunde, mit denen er früher zum Fest gefahren war, waren glücklich verheiratet oder frisch liiert, hatten sich andernorts angesiedelt oder schlicht und ergreifend das Interesse verloren. Er liebte das Fest, er hatte es immer geliebt. Drei Jahre waren nun vergangen. Heute war er tatsächlich auf dem Weg in den Rummel. Die untere Stufe des zweiten Absatzes hatte er erreicht und hielt inne. Tief sog er die Luft ein.

ooo

„Aber beeile dich!", ermahnte Wladimir sie.
„Ja, ja." Sie warf die Seidentunika auf den Schemel und zog die Jacke über. Schon lief sie über den Platz, bis sie die nächste Ecke erreicht hatte. „Dieser Geizhals", fluchte sie, „noch nicht einmal das nötige Kleingeld für einen tragbaren Chemie-Potti lässt er springen. Wenn ich hinschmeiße, tja ... wo bleibt er dann?" Langsam bahnte sie sich ihren Weg. ooo

„Schade", dachte er. Doch unten an den Toiletten-wagen nahm er den Duft wahr. Nicht den, den übersäuerter Urin verursacht. Nein. Ein zarter, lieblicher Duft, der kaum spürbar mit dem Wind in Richtung Platz trieb, kitzelte seine Erinnerung. Er hob die Nase und folgte der unsichtbaren Spur. In Höhe des Standes gebrannter Mandeln und Zuckerwatte verlor er ihn.

Er schlenderte durch die Gasse, passierte den Backfischstand, die Maiskolbenbude und den Lostrommelschreier. Er schnüffelte. In der Menge schäkerten Jugendliche in Dirndlkleidern und Lederhosen miteinander. Einer wedelte mit einer Rose vor dem Gesicht eines Mädchens.

„Ob die Rosen parfümiert sind?" Er blieb stehen.

„Herr, treten Sie ein. Ljudmila erwartet sie."

Abrupt drehte er sich um und blickte den Zeltvor-steher an.

„Ist Ihnen Ihre Zukunft nicht eine Münze wert? Sie sehen nicht aus, als ob Sie diese nicht übrig hätten. Und einsam scheinen Sie auch zu sein. Sie sind auf der Suche nach Ihrem Glück. Lassen Sie sich helfen. So laufen Sie doch nicht weg. Ljud-mila wird Ihnen die Zukunft voraussagen. Sie müssen heute nicht allein heimgehen."

„Das bestimmt nicht!", lachte er und bog an dem Fahrgeschäft mit den rotierenden Kaffeetassen ab. Die Musik übertönte die Rufe des Aufreißers und beschwingte seine Gedanken. Lichtkegel, Lichtblitze lenkten ihn ab. Am Ende der Straße grölte die Stimmung aus dem Zelt. Sie rief ihn zu sich. Er kehrte ein.

Schunkelnd packten ihn zwei hübsche Frauen in Dirndln unter die Arme. Sie flirteten hemmungslos. Die eine war auffallend geschminkt, die andere überhaupt nicht. Sie rochen gut.

Als der Bierzeltwechsel nahte, beschlossen die beiden mit ihm noch über den Rummel zu ziehen. Sie wollten Zuckerwatte und eine neue Kette mit einem Edelweißanhänger, da er im Eifer des Tanzens abgerissen und von den trampelnden Füssen zwischen die Holzbohlen gekickt worden war.

Ohne zu zögern, hatte er sich bereiterklärt, für Ersatz zu sorgen. Auch wenn er längst die Getränke und das halbe Hähnchen spendiert hatte, war das eindeutig das Edlere, was er an diesem Abend für seine Begleiterinnen ausgeben wollte.

„Selbstverständlich bekommst du ebenfalls eine schmucke Kette von mir", versprach er der Ungeschminkten.

„Wir werden uns revanchieren", beteuerte die andere und zwinkerte ihrer Freundin zu. Ihm gab sie einen saftigen Kuss auf die Wange, den er nicht wagte, abzuwischen.

Er ließ sich von den beiden unterhaken und aus dem Zelt führen. Spaß wollten sie haben.

Musik, Lichtreize von allen Seiten. Das Kaffeetassenkarusell schaukelte sie ganz schön durch.

„Du Arme", rief er der Ungeschminkten zu, die sich an einem Beleuchtungsmast übergab und nun nicht mehr so gut roch.

„Sie verträgt den Wodka nicht, mit dem wir vorgeglüht haben."

Er sah der Geschminkten zu, wie sie sich zu ihrer Freundin beugte und ihr übers Haar strich.

„Hereinspaziert, mein Herr, alles in Ordnung bei Ihnen? - Ich kenne Sie doch. Haben Sie Ihr Glück gefunden? - Oh, ich sehe. Das hätte Ihnen Ljudmila vorhersagen können."

„Lassen Sie mich in Ruhe. Wir haben andere Probleme."

„Wirklich! Ein schöner Schlamassel, in dem Sie da stecken."

Das Zelt wehte auf und ein zarter Duft berührte seine Erinnerung. Er legte den Kopf schief und versuchte, ins Zeltinnere zu spähen.

„Sie haben die Wahl, mein Herr: Die beiden dort oder meine Ljudmila. Es ist Ihr Weg ins Glück."

„Bring uns zum Taxi!", bat die Geschminkte, „wir hätten uns so gerne mit dir amüsiert."

„Ich glaube, das lassen wir."

ooo

Er hatte das Taxi bezahlt und war gemischter Gefühle über den Ausgang des Abends. Wehmütig dachte er an die Zukunft.

An der untersten Stufe des mittleren Treppenabsatzes zur S-Bahn sog er den Duft wieder ein. So präsent wie dieser war, musste sie in der Nähe sein. Er drehte sich um und scannte die Menge. Es zog ihn in Richtung Schießbude. Zwei Stufen auf einmal nehmend, rannte er dem Duft nach.

„Mein Herr! Da sind Sie ja wieder. Hereinspaziert! Laufen Sie Ihrem Glück nicht länger nach. In nur einer Minute ist Ljudmila für Sie bereit."

„Also gut." In seiner Tasche kramte er nach Münzgeld und hielt es Wladimir hin. Es dauerte mehr als eine Minute, bis der Zeltvorsteher ihn einließ.

Dämmrig war die Dekoration. An den Wänden hingen Samtvorhänge und Perlenketten. Auf dem runden Tisch stand eine Kerze und flackerte.

Die pummelige Frau trug einen Schleier passend zur Tunika. Sie hielt ihm einen Packen Karten hin, damit er ihn berühre und seine inneren Wünsche in ihn hineinschicke. Dann offenbarte sie ihm sein Schicksal:

„Ich sehe es. Sie sind auf der Suche. Wie lange ist es nun her, dass Sie verlassen wurden?"

Er stierte auf die abgebildete Uhr und zuckte.

„Sagen Sie nichts. Die Karten lügen nicht. Es ist an der Zeit, sich neu zu verlieben. Vorhin hätten Sie fast einen, nein, zwei Fehler gemacht, die sehr teuer geworden wären." Sie hatte die zwei Jungfrauenkarten aufgedeckt und die mit dem dicken Geldsack. „Gut, dass Ihnen das Schicksal half. Sie müssen die inneren Werte spüren." Dabei legte Ljudmila ihre Hand auf die seine.

Warm war sie. Warm und weich.

Er überlegte, wie sie wohl im Dirndl aussehen würde, und schämte sich sogleich wegen der Annahme, sie könne Gedankenlesen.

„Das ist männlich und ganz normal. Sie sehen die Frau in mir. Lassen Sie uns gemeinsam eine Karte ziehen, die unsere Beziehung klarstellt."

Sie führte seine Hand zum Stapel, hielt kurz inne und lächelte ihm zu. Die Karte, die sie aufdeckten, zeigte ein Herz und ein weiteres Herz.

Dieses stand an der untersten Stufe einer Treppe und breitete die Arme aus.

Ljudmila hüstelte in den Ausschnitt ihrer Tunika. Ein Duft, ein zarter, lieblicher Duft, kaum spürbar, zog ihn fest in den Bann.

ooo

Zeit ...

Sie rennt

Unaufhörlich

Unaufhaltsam

Nutze sie

Genieße sie

Sie ist

...

Mein Geschenk

Apropos Geschenk

Wenn du ein signiertes Mitbringselbuch erwerben und es als Geschenk präsentieren möchtest, melde dich einfach bei mir: anja@rosok.de

Ich freue mich, wenn dir die Kröskenskisten Band 1, 2 oder 3 ... oder meine Romane, Bilderbücher gefallen haben und du sie teilen magst.

Das Geschenk, das *du* mir machen kannst, ist dein Feedback. Deine Meinung hilft mir enorm. Schreibe mir ein paar Zeilen an die obige Adresse oder gerne eine Rezension bei deinem Online-Buchhändler. Welche Geschichte bleibt dir im Gedächtnis? Welche hat dich berührt und warum?

Wenn du Zeit hast, findest du mich bei Lesungen, Workshops und in der digitalen Welt. Besuche mich. Lass von dir hören. Ich freue mich darüber.

 -lichst

Anja Rosok

Quellenhinweis / Werke der Autorin

Der Knorl

Das Original erschien in der Anthologie
Ich glaube an Magie, net-Verlag, 2011

In der Reihe Kröskenskisten bereits erhältlich

Band 1   Band 2

ISBN:978-3-7494-0928-0   ISBN:978-3-7431-0418-1
beide sind auch als *e-book* lesbar

Der Jugendroman

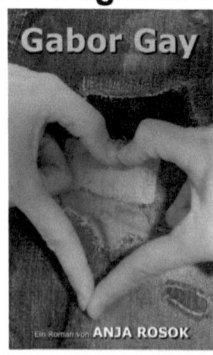

„Hier ´rüber! Flanke! Gib ab!"

Der Morgen beginnt fair –
bis diese blöde Bemerkung fällt
… und dann die Sache unter
dem Torbogen.

Mit wem kann er darüber reden?
Warum weiß seine Schwester davon?
Was weiß sie genau?

Je mehr Gabor darüber
nachgrübelt, desto mehr
verstrickt sich sein Umfeld.

Was ist, wenn man anders ist, als andere meinen?

ISBN: 978-3- 7481-1153-5   auch als *e-book* lesbar

Weitere Romane der Autorin

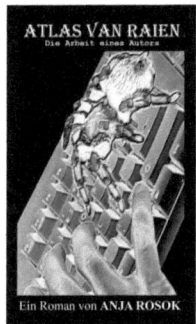

ATLAS VAN RAIEN

Die Arbeit eines Autors

*Ein fantastisch gesponnener
Roman, der zahlreiche Phobien
in sich bündelt. !!!Genre-Crossing:
Belletristik, Fantasy, Thrillerkomödie
Mit einer Portion schwarzem Humor.*

ISBN: 978-3-7528-2225-0

auch als *e-book* lesbar

*Eine bewegende Reise durch das rote
Zentrum Australiens mit all seinen
Schwierigkeiten, Gefahren,
Mythen und Emotionen.*

ISBN: 978-3-7481-3322-3

auch als *e-book* lesbar

An *Eldemirs* Stand für *magische
Weihnachtsbäume* dürfen Kinder
ihren Baum aussuchen.
Was passiert, wenn Erwachsene
meinen, es besser zu wissen?

*Eine zauberhafte Adventskalender –
Geschichte zum Mitgestalten, fürs
tägliche (Vor-)Lesen, in 24 Kapiteln*

ISBN: 978-3-7481-5000-8   auch als *e-book* lesbar

* Bilinguale Bilderbücher *
bilingual rhyme picture stories

... vom Größerwerden und Mutigsein.

... über das Anziehen verschiedener Kleidungsstücke.